KB172859

동방의 노래

　이 시조집은 한국고전시가 중 상고시가, 향가, 고려속
요, 경기체가, 악장, 한시 작품 원전을 현대적으로 수용하
거나 변용한 창작시조집이다.

　고전시가의 내용과 배경, 주제, 소재, 인물, 줄거리를
변용하여 시조라는 틀에 담아냈다.

　시조의 정서도 고시조의 분위기를 벗어나 다양한 현대
적 감각과 정서로 접근하였다.

　독자들이 창작 시조를 이해하는데 도움이 되도록 고전
시가의 현대어 풀이를 제2부에 제시하였다.

　제2부에 수록한 고전시가 원전 자료가 〈동방의 노래〉
작품을 감상하는데 도움이 되리라 믿는다.

　이 시조집에 수록된 창작시조들이 고전문학과 현대문
학의 교량 역할을 담당하리라 기대하며 작품의 새로운 의
미를 찾을 수 있겠다.

문복희

목 차

제1장 동방의 이야기

제2장 부록

제1장

동방의 이야기

공무도하가

물속에 새긴 사랑 애절한 비극이다
남편을 목전에서 사별한 새벽 강가
공후인 슬픈 곡조만
강물 따라 흐른다

구지가

구지봉 마을 사람 우루루 몰려와서
머리를 내놓으라 으름장을 놓으니
거북이 생명을 위해
하늘 문을 열었다

황조가

밤새워 달려와서 핏빛 사랑 고백해도
빗장을 걸어놓고 마음 문을 닫으니
석양에 꾀꼬리 사랑만
국경을 넘어간다

서동요

흠 없는 어린 양을 손발로 공격하고
어이없는 밀회 장면 내세워 결박하니
차라리 붉은 피 흘리며
새롭게 태어나리

헌화가

꺾어 든 꽃다발을 바치는 거룩한 손
시들지 않는 꽃이 이 세상에 있으니
노인의 늙지 않는 사랑
철쭉꽃이 되었다

풍요

넌지시 놓고 가는 바람결 노래이다
진흙을 나르면서 한숨을 담았는데
바람은 지나갔어도
숨소리는 남아있다

도솔가

밤마다 기다리던 달빛은 숨어있고
하늘에 해 두 개가 점잖게 버티다가
열흘 후 더 큰 그릇이
다른 해를 품었다

처용가

눈썹을 휘날리며 운명처럼 만난 역신
바람에 밀려서 벼랑 끝에 서게 되니
오히려 용서하는 길이
내가 사는 사랑법

모죽지랑가

돌이킬 수 없는 봄날 사무치는 그리움에
쑥대밭 무덤가로 별들이 내려온다
죽지랑 따라 내려와
내 품속에 안긴다

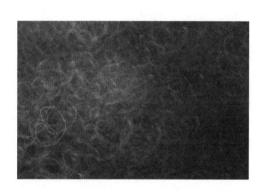

찬기파랑가

시냇물 따라 오던 그날의 조약돌이
사뇌가 율격으로 아직도 흐르는데
기파랑 차디찬 이마는
구름처럼 떠있다

제망매가

잎 떨어진 나무 끝에 비가 내린다
한 가지에 붙어 있던 유년의 오누이
이제는 생사의 갈림길
가는 자와 남는 자

우적가

가파른 산길을 달리다 만난 도적
칼날보다 두려운 건 넉넉한 눈빛이다
이제는 돈자루 버리고
섬으로 가야한다

혜성가

한눈을 파는 동안 혜성이 나타나니
금강산 여행 도중 되돌아온 화랑들
불운을 알려준 징표
읽어내는 주술가

안민가

도리를 따라가고 불의는 내려놓고
천지를 바라보면 저절로 안민이다
따르고 내리는 일에
하늘의 법이 있다

원왕생가

창가에 달빛이 창연히 비치는 밤
서원이 깊으신 님의 독백 이어지고
기도는 달에 묶여서
왕생으로 향한다

도천수관음가

천 개의 손에 박힌 천 개의 눈 중에
두 눈 없는 나에게 두 눈을 주신다면
손금에 흐르는 자비
종소리로 울리리

원가

약속을 저버린 그대에게 보낸 글
잣나무가 말라가는 아픈 밤을 지내더니
그 원망 가시가 되어
정수리에 박힌다

정읍사

날 저물고 험한 밤 남편은 오지 않고
아내의 찬 입술은 달빛처럼 떨고 있다
진 곳을 디디지 않도록
기도하는 거룩한 손

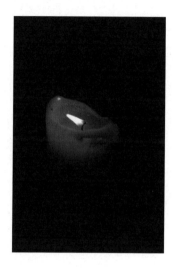

가시리

접혔다 펼쳐지는 이별은 빈손인데
떠나야 돌아오는 모순의 원리이다
놓아야 들어온다는
밀물과 썰물 관계

서경별곡

수학으로 풀 수 없는 대동강 이별 장면
끈으로 이어지니 해답은 있을텐데
천년을 떨어져 살아도
강물은 그대로다

청산별곡

첩첩한 청산에도 눈 녹는 봄이 있다

새들이 정(情) 그리워 산 아래로 내려가면

죄없이 나만 남아서

떠난 봄을 기다린다

정석가

죽도록 그리우면 군밤에도 싹이 난다
노인의 백발에도 꽃송이 피어나듯
햇살이 한창일 때는
무쇠도 녹여 낸다

사모곡

호미는 무디어서 낫처럼 들지 않고
낫같이 굽은 등은 어머니 사랑이다
사랑은 저항이 아니고
굽히는 아픔이다

쌍화점

음침한 기억 저편 잠자리에 말려들면
달콤한 입술 위로 역사는 무너지고
어두운 그림자 앞에
유령처럼 마주선다

이상곡

서리를 밟게 되면 얼음이 예상된다
굽은 길 돌아서 오는 길이 무서우니
오늘은 서로 문 닫고
온몸으로 기다리리

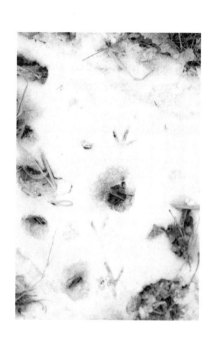

만전춘

얼음 위에 얼어 죽은 가랑잎 두 조각
고요한 작별 뒤에 이 밤이 더디 새니
새벽은 겨울을 안고
안개 속을 걷고 있다

유구곡

뻐꾸기 울음소리 가슴을 지나간다
소리는 사라져도 혼(魂)만은 그 자리에
시간은 내 곁에 남아
텅빈 하늘 추스린다

동동

내일이 없어도 바꿀 수 없는 운명
오늘을 견뎌내는 열두 달의 고독은
얼었다 녹았다 하는
그리움과 아픔이다

상저가

부모님께 바치는 따뜻한 밥이 있다
밥 한 끼 대접인데 추워도 춥지 않다
가난은 가난한 대로
낮과 밤을 채운다

정과정곡

지는 해와 새벽 별은 모함을 알고 있다
배신보다 무서운 절망의 어두운 밤
하늘이 가까운 곳에서
아침을 기다린다

도이장가

추풍에 떨어진 숭고한 사랑이여
목숨을 던져서 살려낸 역사이니
마음이 가난해지면
두려움도 사라진다

한림별곡

나무에 눈 내리고 그네도 잠이 든 밤
대낮에 다녀간 섬섬옥수 그리운데
바람은 속도 모르고
쌓인 눈을 털고 간다

용비어천가

뿌리 깊은 나무가 가난을 지켜주고
기름진 열매를 강물이 예비하니
이 땅에 씨앗 뿌리며
허리 굽혀 살리라

월인천강지곡

달 하나가 천 개의 강물을 비추듯이
나를 키운 어머니가 달빛처럼 비추시니
우리가 살고 있는 땅
이 자리가 광명이다

어부사

생활을 떠나와서 한적하게 사는 어부
시 한 수와 술 한 잔에 마음을 담가본다
밤 깊이 젖어 들수록
마을 소식 그립다

오우가

소나무가 많아도 사랑하지 않는다면
물과 바위 대나무와 달을 곁에 둘 수 없다
너와 나 마음을 열고
다가가는 사랑법

어부사시가

보길도 춘하추동 어부의 삶 유적하다
구름도 맑은 물에 제 모습을 비추고
바람은 부용동을 돌아
강호한미 즐긴다

도산십이곡

언지와 언학으로 마음을 다스린다
역사를 왕래하며 다져온 자유인데
하늘은 내가 아닌 나를
받아주지 않는다

고산구곡가

석담에 은거하며 고산구곡 돌아본다
주희의 수채화가 구곡 묵화 낳았는가
세간에 떠도는 이야기
구름 속에 숨는다

훈민가

하늘을 이고 사는 아이가 어른이다
아이처럼 땅을 밟고 세상을 산다면
법도가 따로 없어도
물처럼 흘러간다

여수장우중문시

책략과 땅의 이치 뛰어난 장수인데
을지문덕 그 지혜가 하늘에 닿으니
여기는 따뜻한 나라
웃으면서 돌아간다

추야우중

창가를 스치며 가을비가 내린다
언젠가 돌아갈 남국은 아득한데
가슴에 바람이 불고
비에 젖어 밤을 샌다

송인

사랑의 강가에서 우리가 헤어져도
떠난 것이 아니라고 강물이 말을 한다
우리를 보내지 못해
대동강이 더 아프다

병목

하루 종일 책을 보는 아버지의 독서 습관
눈병이 난 것은 책 때문이 아니다
집 나가 오지 않는 자식
기다리다 병이 났다

풍하

바람도 스쳐가는 천연한 새벽 연꽃
화장도 하기 전에 일찍이 나섰더니
향기는 연못에 남기고
그리움만 따라온다

강남곡

해지는 강남 거리 리듬이 빨라지고
빠알간 입술이 꽃같은 아가씨들
해묵은 정원을 나와
열대야를 즐긴다

자탄

과녁 없이 화살을 공중에 쏘아놓고
찾지 못할 화살을 찾으며 살아왔다
인생은 햇살에 비친
먼지처럼 허허롭다

유감

내 속에 들어있는 바람을 꺼내놓고
발밑에 별들의 울음소리 들으며
초겨울 눈발 날리는 날
가난을 참는다

사친

내 가슴 중심에 들어앉은 어머니
없는 길도 만드시는 어머니가 그리우면
꿈 속에 한송정을 지나
한 마리 새가 된다

박연폭포

나는 듯 거꾸로 치솟아서 떨어진다
수많은 물방울이 미친 듯이 쏟아져도
폭포 앞 바로 아래가
피안의 세계이다

제2장
고전시가 작품 현대어 자료

공무도하가

그대여, 물을 건너지 마오
그대 결국 물을 건너셨도다
물에 빠져 돌아가시니
가신 임을 어이할꼬

구지가

거북아 거북아
머리를 내어라
내놓지 않으면
구워서 먹으리

황조가

펄펄 나는 저 꾀꼬리
암수 서로 정답구나
외로울사 이내 몸은
뉘와 함께 돌아갈꼬

서동요

선화공주님은
남 몰래 정을 통하고
맛둥 도련님을
밤에 몰래 안고 간다

헌화가

붉은 바위 끝에
암소 잡은 손을 놓게 하시고
나를 부끄러워하지 않으신다면
꽃을 꺾어 바치겠습니다

풍요

오다 오다 오다
오다, 서럽더라
서럽다, 우리들이여
공덕 닦으러 오다

도솔가

오늘 이에 산화 불러
뿌린 꽃이여 너는
곧은 마음의 명 받아
미륵좌주 뫼셔라

처용가

서울 밝은 달에
밤들이 노니다가
들어와 잠자리를 보니
가랑이가 넷이도다
둘은 나의 것이었고
둘은 누구의 것인가
본디 내 것이지마는
빼앗긴 것을 어찌하리오

모죽지랑가

간 봄 그리매
모든것사 설이 시름하는데
아름다움 나타내신 얼굴이
주름살을 지니려 하옵내다
눈 돌이킬 사이에나마
만나뵙도록 지으리이다
낭이여, 그릴 마음의 녀올 길이
다북쑥 우거진 마을에 잘 밤이 있으리이까

찬기파랑가

열어 젖히니
나타난 달이
흰구름 좇아 떠가는 것이 아닌가
새파란 냇물에
기파랑의 모습이 있어라
이로부터 그 맑은 냇물 속 조약돌에
기파랑이 지니시던
마음 끝을 따르고자
아아, 잣나무 가지 높아
서리 모르시올 화랑의 우두머리시여

제망매가

죽고 사는 길
예 있으매 저히고
나는 간다 말도
못다 하고 가는가
어느 가을 이른 바람에
이에 저에 떨어질 잎다이
한가지에 나고
가는 곳 모르누나
아으 미타찰에서 만날 나
도닦아 기다리리다

우적가

제 마음의
참 모습을 알지 못하고
어둡고 어지럽던 날을 멀리 지나서
이제부턴 숨어 지내러 가고 있었지
어찌 하마 그릇된 파계주를
두려워할 꼬락서니에 다시 돌아가랴
이 칼을 지내고는
좋은 날 샐 것이 분명한데
아아, 오직 요만큼한 선으로는
정토를 못 맞을까 걱정이로다

혜성가

옛 동쪽 물가

건달파의 놀던 성일랑 바라보고

왜군도 왔다

봉화 불사른 변방이 있어라

三花의 산 보러 오심을 듣고

달도 부지런히 불을 켤 바에

길 쓸 별 바라보고

혜성이여 사뢴 사람이 있다

아아 달은 아래로 떠가 있더라

이를 보아 무슨 혜성이 있으리오

안민가

君은 아버지요
臣은 사랑하시는 어머니요
民은 어린아이라 하시면
民이 사랑을 알 것이다
꾸물거리며 사는 물생
이를 먹어 다스려져
이 땅을 버리고 어디를 갈 수 있겠는가 하면
나라 유지됨을 알 것이다
아아 君답게 臣답게 民답게 하거든
나라 태평 하나이다

원왕생가

달이 어째서
서방까지 가시겠습니까
무량수전 전에
보고의 말씀 빠짐없이 사뢰소서
서원 깊으신 부처님을 우러러 바라보며
두 손 곧추 모아
원왕생 원왕생
그리는 이 있다 사뢰소서
아아, 이몸 남겨 두고
48대원 이루실까

도천수관음가

무릎을 곧게 하고
두 손바닥을 모아
천수관음 앞에 비옵나이다
천 손의 천 눈을
하나를 놓아 하나를 덮으사
둘 없는 저울시다
하나를 그윽이
고치기 바라나이다
아아, 놓아주신
자비야말로 클 것이외다

원가

질 좋은 잣이
가을에 말라 떨어지지 아니하매
너를 중히 여겨 가겠다
하신 것과는 달리
낯이 변해 버리신 겨울에여
달이 그림자 내린
연못갓 지나가는
물결에 대한 모래로다
모습이야 바라보지만
세상 모든 것 여희여 버린 처지여

정읍사

달아 높이 높이 돋으시어
어기야차 멀리멀리 비치게 하시라
어기야차 어강됴리
아으 다롱디리
시장에 가 계신가요
어기야차 진 곳을 디딜세라
어기야차 어강됴리
어느 것에다 놓고 계시는가
어기야차 나의 가는 곳에 저물세라
어기야차 어강됴리 아으 다롱디리

가시리

가시리 가시리잇고 나는
ㅂ 리고 가시리잇고 나는
위 증즐가 대평셩디

날러는 엇디 살라 ㅎ 고
ㅂ 리고 가시리잇고 나는
위 증즐가 대평셩디

잡ㅅ 와 두어리마ㄴ 는
선 ㅎ 면 아니 올셰라
위 증즐가 대평셩디

셜온 님 보내읍 노니 나는
가시ㄴ 둣도셔 오쇼셔 나는
위 증즐가 대평셩디

서경별곡

서경이 서경이 서울이지마는
중수한 곳인 소성경을 사랑합니다만
임을 이별하기보다는 차라리
길쌈하던 베를 버리고서라도
저를 사랑해 주신다면 울면서 따라가겠습니다

구슬이 바위에 떨어진들
끈이야 끊어지겠습니까
임과 떨어져 홀로 천 년을 살아간들
임을 사랑하고 있는 마음이야 끊어지겠습니까

대동강이 넓은 줄을 몰라서
배를 내어놓았느냐 사공아
네 아내가 음탕한 짓을 하는 줄도 모르고
떠나는 배에 내 임을 태웠느냐 사공아
대동강 건너편 꽃을
배를 타면 꺾을 것입니다

청산별곡

살어리 살어리랏다 청산애 살어리랏다
멀위랑 다래랑 먹고 청산애 살어리랏다
얄리얄리 얄랑셩 얄라리 얄라

우러라 우러라 새여 자고 니러 우러라 새여
널라와 시름 한 나도 자고 니러 우니로라
얄리얄리 얄라셩 얄라리 얄라

가던 새 가던 새 본다 믈 아래 가던 새 본다
잉무든 장글란 가지고 믈 아래 가던 새 본다
얄리얄리 얄라셩 얄라리 얄라

이링공 뎌링공 ᄒᆞ야 나즈란 디내와손뎌
오리도 가리도 업슨 바므란 ᄯᅩ엇디 호리라
얄리얄리 얄라셩 얄라리 얄라

어듸라 더디던 돌코 누리라 마치던 돌코
믜리도 괴리도 업시 마자셔 우니노라
얄리얄리 얄라셩 얄라리 얄라

살어리 살어리랏다 바른래 살어리랏다
ᄂᆞᄆᆞ자기 구조개랑 먹고 바른래 살어리랏다
얄리얄리 얄라셩 얄라리 얄라

가다가 가다가 드로라 에졍지 가다가 드로라
사슴미 짒대예 올아셔 히금(奚琴)을 혀거를 드로라
얄리얄리 얄라셩 얄라리 얄라

가다니 비브른 도긔 설진 강수를 비조라
조롱곳 누로기미와 잡ᄉᆞ와니 내 엇디 ᄒᆞ리잇고
얄리얄리 얄라셩 얄라리 얄라

정석가

징(鄭)이여 돌(石)이여 지금 계시옵니다
징이여 돌이여 지금 계시옵니다
태평성대에 노닐고 싶습니다

사각사각 가는 모래 벼랑에
사각사각 가는 모래 벼랑에
구운 밤 닷 되를 심습니다
그 밤이 움이 돋아 싹이 나야만
그 밤이 움이 돋아 싹이 나야만
유덕하신 님 여의고 싶습니다

옥으로 연꽃을 새기옵니다
옥으로 연꽃을 새기옵니다
바위 위에 접을 붙이옵니다
그 꽃이 세 묶음 피어야만
그 꽃이 세 묶음 피어야만
유덕하신 님 여의고 싶습니다

무쇠로 철릭을 마름질해
무쇠로 철릭을 마름질해
철사로 주름 박습니다
그 옷이 다 헐어야만
그 옷이 다 헐어야만
유덕하신 님 여의고 싶습니다

무쇠로 황소를 만들어다가
무쇠로 황소를 만들어다가
쇠나무산에 놓습니다
그 소가 쇠풀을 먹어야
그 소가 쇠풀을 먹어야
유덕하신 님 여의고 싶습니다

구슬이 바위에 떨어진들
구슬이 바위에 떨어진들
끈이야 끊어지겠습니까
천 년을 외따로이 살아간들
천 년을 외따로이 살아간들
믿음이야 끊어지겠습니까

사모곡

호미도 날이지마는
낫같이 잘 들 리도 없습니다
아버님도 어버이시지마는
위 덩더둥셩
어머님같이 아껴 주실 리 없어라
아! 님이여 어머님같이 아껴 주실 리 없어라

쌍화점

만두집에 만두 사러 갔더니만
회회 아비 내 손목을 쥐었어요
이 소문이 가게 밖에 나며 들며 하면
다로러거디러 조그마한 새끼 광대 네 말이라 하
리라
더러둥셩 다리러디러 다리러디러 다로러거디러
다로러
그 잠자리에 나도 자러 가리라
위 위 다로러 거디러 다로러
그 잔 데 같이 답답한 곳 없다

삼장사에 불을 켜러 갔더니만
그 절 지주 내 손목을 쥐었어요
이 소문이 이 절 밖에 나며 들며 하면
다로러거디러 조그마한 새끼 상좌 네 말이라 하
리라

더러둥셩 다리러디러 다리러디러 다로러거디러
다로러

그 잠자리에 나도 자러 가리라

위 위 다로러거디러 다로러

그 잔 데 같이 답답한 곳 없다

두레 우물에 물을 길러 갔더니만

우물 용이 내 손목을 쥐었어요

이 소문이 우물 밖에 나며 들며 하면

다로러거디러 조그마한 두레박아 네 말이라 하리라

더러둥셩 다리러디러 다리러디러 다로러거디러
다로러

그 잠자리에 나도 자러 가리라

위 위 다로러거디러 다로러

그 잔 데 같이 답답한 곳 없다

술 파는 집에 술을 사러 갔더니만

그 집 아비 내 손목을 쥐었어요

이 소문이 이 집 밖에 나며 들며 하면

다로러거디러 조그마한 시궁 박아지야 네 말이라 하리라

더러둥성 다리러디러 다리러디러 다로러거디러 다로러

그 잠자리에 나도 자러 가리라

위 위 다로러거디러 다로러

그 잔 데 같이 답답한 곳 없다

이상곡

비 오다가 개어 눈이 내린 날에
서린 나무 숲 좁은 굽어 도는 길에
다롱디우셔 마득사리 마득너즈세 너우지
잠을 앗아간 내 님을 그리워하여
그렇게 무서운 길에 자러 오겠습니까?
때때로 벽락이 쳐서 무간지옥에 떨어져
바로 죽어갈 내 몸이
때때로 벽락이 쳐서 무간지옥에 떨어져
바로 죽어갈 내 몸이
내 임을 두옵고 다른 임과 걷겠습니까?
이렇게 저렇게
이렇게 저렇게 기약이 있겠습니까?
아소 임이시여, 함께 살아가고자 하는 기약입니다

만전춘

얼음 위에 댓잎 자리 만들어
님과 내가 얼어 죽을 망정
얼음 위에 댓잎 자리 만들어
님과 내가 얼어 죽을 망정
정 나눈 오늘 밤 더디 새시라 더디 새시라

뒤척 뒤척 외로운 침상에
어찌 잠이 오리오
서창을 열어보니
복사꽃 피었도다
복사꽃은 시름 없이 봄바람 비웃네 봄바람 비웃네

넋이라도 님과 함께
지내는 모습 그리더니
넋이라도 님과 함께
지내는 모습 그리더니

우기시던 이 누구입니까 누구입니까

오리야 오리야

어린 비오리야

여울일랑 어디 두고

못(沼)에 자러 오느냐

못이 얼면 여울도 좋거니 여울도 좋거니

남산에 자리 보아

옥산을 베고 누워

금수산 이불 안에

사향 각시를 안고 누워

약 든 가슴을 맞추옵시다 맞추옵시다

아! 님이여 평생토록 여읠 줄 모르고 지냅시다

유구곡

비둘기는
비둘기는
울음을 울지만
뻐꾸기야말로 나는 좋아
뻐꾸기야말로 나는 좋아

동동

덕일랑은 뒷 잔에 바치옵고
복일랑은 앞 잔에 바치옵고
덕이여 복이라 하는 것을
드리러 오십시오
아으 동동다리

정월의 냇물은
아! 얼었다 녹았다 정다운데
누리 가운데 나고는
이 몸은 홀로 지내누나
아으 동동다리

이월 보름에
아! 높이 켠
등불 같아라
만인 비치실 모습이로다
아으 동동다리
삼월 나면서 핀

아! 늦봄 진달래꽃이여
남이 부러워할 자태를
지니고 나섰도다
아으 동동다리

사월 아니 잊고
아! 오셨네, 꾀꼬리여
무슨 일로 녹사님은
옛 나를 잊고 계신가
아으 동동다리

오월 오일에
아! 수릿날 아침 약은
천 년을 길이 사실
약이라고 받치옵니다
아으 동동다리

유월 보름에
아! 벼랑 가에 버린 빗 같아라
돌보실 님을
잠시라도 쫓아가겠습니다

아으 동동다리

칠월 보름에
아! 갖가지 제물 벌여 두고
님과 함께 지내고자
원을 비옵니다
아으 동동다리

팔월 보름은
아! 한가윗날이건마는
님을 모시고 지내야만
오늘이 한가위여라
아으 동동다리

구월 구일에
아! 약이라 먹는 국화꽃
꽃이 방 안에 드니
향기만 은은하여라
아으 동동다리

시월에

아! 잘게 썬 보로쇠 같아라
꺾어 버린 뒤에
지니실 분이 하나도 없어라
아으 동동다리

십일월 봉당 자리에
아! 홑적삼 덮고 누웠네
슬픈 일이로구나
고운 임 여의고 홀로서 살아감이여
아으 동동다리

십이월 분지나무로 깎은
아! 차려 올릴 소반의 젓가락 같아라
님 앞에 가지런히 놓으니
손님이 가져다 입에 무옵니다
아으 동동다리

상저가

덜커덩 방아나 찧어 히얘
거친 밥이나 지어서 히얘
아버님 어머님께 드리고 히야해
남거든 우리가 먹으리 히야해

정과정곡

내 임을 그리워하여 울고 있으니
산 접동새와 나는 비슷하옵니다
아니시며 허황된 것임을
지는 달과 새벽 별이 아실 것입니다
넋이라도 임과 함께 가고 싶어라
우기시던 이가 누구였습니까
잘못도 허물도 전혀 없습니다
뭇사람의 말씀이시도다
슬프도다
임이 나를 벌써 잊으십니까
아 님이시여 돌이켜 들으셔서 사랑해주소서

도이장가

님을 온전케 하온
마음은 하늘 끝까지 미치니
넋이 가셨으되
몸 세우시고 하신 말씀
직분 맡으려 활 잡는 이 마음 새로워지기를
좋다, 두 공신이여
오래 오래 곧은 자최는 나타내신져

한림별곡

〈제1장〉

원슌문 인노시 공노사륙

니정언 딘한림 솽운주필

튱긔대책 광균경의 량경시부

위 시댱ㅅ 景(경) 긔 엇더하니잇고

금학사의 옥슌문생

금학사의 옥슌문생

위 날조차 몃 부니잇고

〈제8장〉

당당 당츄자 조협 남긔

홍실로 홍글위 매요이다

혀고시라 밀오시라 뎡쇼년하

위 내 가논 대 남 갈셰라

샥옥셤셤 솽슈ㅅ길헤

샥옥셤셤 솽슈ㅅ길헤

위 휴슈동유ㅅ 景(경) 긔 엇더하니잇고

145

용비어천가

제1장

해동 육룡이 ᄂᆞᄅᆞ샤 일마다 천복이시니

고성이 동부ㅎ시니

제2장

불휘 기픈 남ᄀᆞᆫ ᄇᆞᄅᆞ매 아니 뮐ᄊᆡ

곶 됴코 여름 하ᄂᆞ니

시미 기픈 므른 ᄀᆞ믈래 아니 그츨ᄊᆡ

내히 이러 바ᄅᆞ래 가ᄂᆞ니

제3장

주국 대왕이 빈곡애 사ᄅᆞ샤 제업을 여르시니

우리 시조ㅣ 경흥에 사ᄅᆞ샤 왕업을 여르시니

월인천강지곡

기일

외외석가불 무량무변공덕을 겁겁에 어느 다 슬᷉리

기이

세존ㅅ 일 슬᷉리니 만리외ㅅ 일이시나 눈에 보
논가 너기᷇᷉쇼셔

세존ㅅ 일 슬᷉리니 천재상ㅅ 말 이시나 귀예 듣
는가 너기᷇᷉쇼셔

기삼

아승기전세겁에 님금 위ㄹ 부리샤 정사애 안잿더
시니

오백전세원수ㅣ 나랏 쳔 일버ᅀᅡ 정사ᄅ 디나아
가니

어부사 - 이현보

이 듕에 시름 업스니 어부의 생애이로다
일엽편주를 만경파에 띄워 두고
인세를 다 니젯거니 날 가는 줄를 안가

구버는 천심녹수 도라보니 만첩청산
십장 홍진이 언매나 가렛는고
강호에 월백ᄒ거든 더옥 무심하얘라

청하에 바블 싸고 녹류에 고기 꿰여
노적화총애 비배 매아두고
일반청의미를 어늬 부니 아라실고

산두에 한운이 기하고 수중에 백구이 비이라
무심코 다정하니 이 두 거시로다
일생에 시르믈 닛고 너를 조차 노로리라

장안을 도라보니 북궐이 천 리로다
어주에 누어신둘 니즌 스치 이시랴
두어라 내 시름 안니라 제세현이 업스랴

오우가 - 윤선도

내 벗이 몇이나 하니 수석과 송죽이라
동산에 달 오르니 그 더욱 반갑고야
두어라 이 다섯밖에 또 더하여 무엇하리

구름 빛이 좋다 하나 검기를 자로 한다
바람 소리 맑다 하나 그칠 적이 하노매라
좋고도 그칠 일 없기는 물 뿐인가 하노라

꽃은 무슨 일로 피며 쉬이 지고
풀은 어이하여 푸르는 듯 누르노니
아마도 변치 아닐소는 바위 뿐인가 하노라

더우면 꽃이 피고 추우면 잎 지거늘
솔아 너는 어찌 눈서리를 모르는다
구천에 뿌리 곧은 줄을 그로 하여 아노라

나무도 아닌 것이 풀도 아닌 것이
곧기는 뉘 시켰으며 속은 어이 비었는가
저렇게 사시에 푸르니 그를 좋아하노라

작은 것이 높이 떠서 만물을 다 비추니
밤중의 광명이 너만한 이 또 있느냐
보고도 말을 안 하니 내 벗인가 하노라

어부사시가 - 윤선도

〈춘사1〉

앞강에 안개 걷고 뒷산에 해비친다

배 띄워라 배 띄워라

썰물은 밀려가고 밀물은 밀려온다

찌거덩 찌거덩 어야차

강촌에 온갖 꽃이 먼 빛이 더욱 좋다

〈춘사2〉

날씨가 덥도다 물 위에 고기 떳다

닻 들어라 닻 들어라

갈매기 둘씩 셋씩 오락가락 하는구나

찌거덩 찌거덩 어야차

낚싯대는 쥐고 있다 탁주병 실었느냐

〈하사1〉

궂은 비 멈춰가고 시냇물이 맑아온다

배 띄워라 배 띄워라

낚싯대를 둘러메고 깊은 흥이 절로난다

찌거덩 찌거덩 어야차

산수의 경개를 그 누가 그려낸고

〈하사2〉

연잎에 밥을 싸고 반찬일랑 장만 마라

닻 들어라 닻 들어라

삿갓은 썼다만는 도롱이는 갖고 오냐

찌거덩 찌거덩 어야차

무심한 갈매기는 나를 쫓는가 저를 쫓는가

〈추사1〉

물외의 맑은 일이 어부 생애 아니던가

배 뛰워라 배 띄워라

어옹을 웃지 마라 그림마다 그렸더라

찌거덩 찌거덩 어야차

사철 흥취 한가지나 가을 강이 으뜸이라

〈추사2〉

강촌에 가을이 드니 고기마다 살쪄 있다
닻 들어라 닻 들어라
넓고 맑은 물에 실컷 즐겨 보자
찌거덩 찌거덩 어야차
인간세상 돌아보니 멀도록 더욱 좋다

〈동사1〉
구름 걷은 후에 햇볕이 두텁도다
배 띄워라 배 띄워라
천지가 막혔으니 바다만은 여전하다
찌거덩 찌거덩 어야차
끝없는 물결이 비단을 편 듯 고요하다

〈동사4〉
간 밤에 눈 갠 후에 경물이 다르구나
배 저어라 배 저어라
앞에는 유리바다 뒤에는 첩첩옥산
찌거덩 찌거덩 어야차
선계인가 불계인가 인간계인가 아니로다

도산십이곡 - 이황

이런들 엇더ᄒ며 뎌런들 엇더ᄒ료
초야우생이 이러타 엇더ᄒ료
ᄒ 믈며 천석고황을 고텨 므슴ᄒ료

연하로 집을 삼고 풍월로 벗을 사마
태평성대에 병으로 늘거가뇌
이 듕에 바라ᄂ 일은 허므리나 업고쟈

순풍이 죽다ᄒ니 진실로 거즛마리
인성이 어지다 ᄒ니 진실로 올ᄒ 말이
천하에 허다 영재를 소겨 말ᄉ 홀가

유란이 재곡ᄒ니 자연이 듯디 됴해
백운이 재산ᄒ니 자연이 보디 됴해
이 듕에 피미일인을 더옥 닛디 몯ᄒ 얘

155

산전에 유대ᄒ고 대하애 유수ㅣ로다

삐 만흔굴며기는 오명가명 ᄒ거든

엇더타 교교 백구는 멀리 ᄆᆞᆷ ᄒᆞ는고

춘풍에 화만산ᄒ고 추야애 월만대라

사시가흥이 사ᄅᆞᆷ과 ᄒᆞ 가지라

ᄒᆞ믈며 어약연비 운영천광이아 어늬 그지 이슬고

천운대 도라드러 완락재 소쇄ᄒᆞᆫ듸

만권 생애로 낙사ㅣ무궁ᄒᆞ얘라

이 듕에 왕래 풍류를 닐러 므슴ᄒᆞᆯ고

뇌정이 파산ᄒᆞ야도 농자는 몯 듣ᄂᆞ니

백일이 중천ᄒᆞ야도 고자는 몯 보ᄂᆞ니

우리는 이목 총명 남자(男子)로 농고ᄀᆞ디 마로리라

고인도 날 몯보고 나도 고인을 몯 뵈

고인을 몯 뵈도 녀던 길 알ᄑᆡ 잇니

녀던 길 알ᄑᆡ 잇거든 아니 녀고 엇덜고

당시예 녀든 길흘 몃 ㅂ려 두고

어듸 가둔 니다가 이제아 도라온고

이제아 도라오나니 년 듸 ᄆ음 마로리

청산ᄋ 엇뎨ᄒ야 만고애 프르르며

유수는 엇뎨ᄒ야 주야애 긋디 아니는 고

우리도 그치디 마라 만고 상청호리라

우부도 알며 ᄒ거니 그 아니 쉬운가

성인도 못다 ᄒ시니 그 아니 어려운가

쉽거나 어렵거나 듕에 늙는 주를 몰래라

고산구곡가 - 이이

〈서곡〉

고산 구곡담을 사람이 모로더니

주모복거하니 벗님내 다 오신다

어즈버 무이를 상상하고 학주자를 하리라

〈제1곡 관암〉

일곡은 어디메오 관암에 해 비췬다

평무에 나 거드니 원산이 그림이로다

송간에 녹준을 노코 벗 오는양 보노라

〈제2곡 화암〉

이곡은 어디메오 화암에 춘만커다

벽파에 곳을 띄워 야외로 보내노라

사람이 승지를 모로니 알게한들 엇더리

〈제3곡 취병〉

삼곡은 어디메요 취병에 닙 퍼젓다
녹수에 산조는 하상기음 하는 적의
반송이 바람을 바드니 녀름경이 업세라

〈제4곡 송애〉

사곡은 어디메오 송애에 해 넘거다
담심 암영은 온갓빗치 잠겨셰라
임천이 깁도록 됴흐니 흥을 계워하노라

〈제5곡 은병〉

오곡은 어디메오 은병이 보기 됴히
수변 정사는 소쇄도 가이업다
이중에 강학도 하려니와 영월음풍 하리라

〈제6곡 조협〉

육곡은 어디메오 조협에 물이넙다
나와 고기와 뉘야 더욱 즐기는고
황혼에 낙대를 메고 대월귀를 하노라

〈제7곡 풍암〉

칠곡은 어디메오 풍암에 추색됴타

청상 엷게 치니 절벽이 금수로다

한암에 혼자 안쟈셔 집을 잇고 잇노라

〈제8곡 금탄〉

팔곡은 어디메오 금탄에 달이 밝다

옥진 금휘로 수삼곡을 노는 말이

고조를 알 이 업스니 혼자 즐겨 하노라

〈제9곡 문산〉

구곡은 어디메오 문산에 세모커다

기암 괴석이 눈속에 무쳐셰라

유인은 오지 아니하고 볼 것 업다 하더라

훈민가 - 정철

〈1수〉

아버님께서 나를 낳으시고, 어머님께서 나를 기르시니

부모님이 아니시었다면 이 몸이 태어나 살 수 있었을까

하늘같이 끝이 없는 은덕을 어떻게 다 갚으리오까

〈2수〉

임금과 백성의 사이는 하늘과 땅만큼 차이가 큰데

나의 서러운 일까지 다 알려고 마음을 쓰시고, 헤아리니

우리들 살진 미나리를 어찌 혼자 먹을 수 있으리오

〈3수〉

형아, 아우야, 네 살을 만져 보아라

누구에게서 태어났기에 모습까지 같은 것인가

같은 젖을 먹고 태어났으니 딴 마음 먹지 마라.

〈4수〉

부모님께서 살아가실 때 섬기는 일을 다하여라

돌아가신 뒤에 아무리 애닳다고 한들 어찌하겠는가

평생에 다시 할 수 없는 일이 부모님을 섬기는 일이 이것뿐인가 하노라

〈5수〉

한 몸을 둘로 나누어 부부를 만드셨는데

살아있을 때는 함께 살면서 늙고 죽으면 같은 곳으로 가니

어디에서 망령된 것이 눈을 흘기려고 하는가

〈8수〉

마을 사람들아 옳은 일을 하자꾸나

사람으로 태어나서 옳지 못한다면

말과 소에게 갓이나 고깔을 씌어 밥먹이는 것과 무엇이 다르랴?

〈16수〉

　머리에는 짐을 이고 등에는 짊어졌으니 그 짐을 풀어서 나에게 주시오.

　나는 젊었으니 돌인들 무겁겠는가

　늙는 것도 서럽다 하거든 무거운 짐까지 지시겠는가?

여수장우중문시 - 을지문덕

神策究天文 : 귀신같은 책략은 하늘의 이치를 다했고
妙算窮地理 : 오묘한 꾀는 땅의 이치를 깨우쳤네
戰勝功旣高 : 싸움에서 이긴 공이 이미 높으니
知足願云止 : 만족함을 알고 그만두기를 이르노라

추야우중 - 최치원

秋風唯苦吟 : 가을바람에 오직 힘들여 읊고 있건만
世路少知音 : 세상에 알아주는 이 적네
窓外三更雨 : 창 밖에는 삼경의 비가 오는데
燈前萬里心 : 등불 앞에 만 리의 마음이여

송인 - 정지상

雨歇長堤草色多 : 비 갠 긴 둑엔 풀빛이 짙어 가는데
送君南浦動悲歌 : 남포에서 임 보내며 슬픈 노래 부르네
大同江水何時盡 : 대동강 물은 어느 때 마르려는지
別淚年年添綠波 : 해마다 이별 눈물 푸른 강물에 더해지네

병목 - 오세재

老與病相期 : 늙음과 병은 같이 온다지만
窮年一布衣 : 평생토록 베옷 입고 벼슬 못할 줄이야
玄花多掩翳 : 검은 꽃, 눈을 가려 자주 어둑해지고
紫石少光輝 : 눈동자엔 광채가 적어지는구나
怯照燈前字 : 등잔 앞에 가까이 글자를 가까스로 비쳐보지만
羞看雪後暉 : 눈 온 뒤의 햇빛인 양 눈이 시러워

侍看金榜罷 : 과거 발표 기다려 보는 일 끝난다면

閉目學忘機 : 장님 되어도 세상 일 잊고 살리라

풍하 - 최자

淸晨纔罷浴 : 맑은 새벽 겨우 목욕을 마치고

臨鏡力不持 : 거울 앞에 선 힘없는 모습

天然無限美 : 한없는 천연의 아름다움은

摠在未粧時 : 모두가 화장하기 전이지

강남곡 - 정몽주

江南女兒花揷頭 : 강남의 아가씨는 머리에 꽃을 꽂고

笑呼伴侶游芳洲 : 웃으며 벗들 불러내어 방주에서
노니네

蕩槳歸來日欲暮 : 노를 저어 돌아올 때 해가 막 지
려는데

鴛鴦雙飛無限愁 : 원앙새만 쌍으로 나니 무한이 시
름겹네

자탄 - 김시습

五十已無子 : 나이 오십에 자식 하나 없이

餘生眞可憐 : 앞날이 정말 딱하게 됐다만

何須占泰否 : 바깥공기가 어떤지 알 것 없고

不必怨人天 : 누구를 원망할 건더기도 없으리라

麗日烘窓紙 : 문짝에 햇살 가득하여

淸塵糝坐氈 : 방안의 먼지 살아나는데

殘年無可願 : 여생에 바랄 것이 무었이냐
飮啄任吾便 : 되는 대로 살면 그만인 것을

유감 - 조식

忍飢獨有忘飢事 : 굶주림 참는 데는 굶주림 잊는 일 뿐
總爲生靈無處休 : 모든 백성들은 쉴 곳이 완전히 없
게 되었다
舍主眠來百不救 : 집 주인은 잠만 자고, 아무것도
구하지 못하니
碧山蒼倒暮溪流 : 푸른 산의 푸르름이 저문 개울물
에 드리웠구나

사친 - 신사임당

千里家山萬疊峯 : 천 리 고향은 만 겹의 봉우리로
막혔으니

歸心長在夢魂中 : 돌아가고 싶은 마음은 길이 꿈속
에 있도다

寒松亭畔孤輪月 : 한송정 가에는 외로운 보름달이요

鏡浦臺前一陣風 : 경포대 앞에는 한바탕 바람이로다

沙上白鷺恒聚散 : 모래 위엔 백로가 항상 모였다가
흩어지고

波頭漁艇各西東 : 파도머리엔 고깃배가 각기 동서
로 왔다 갔다 하네

何時重踏臨瀛路 : 언제나 임영 가는 길을 다시 밟아

綵服斑衣膝下縫 : 비단 색동옷 입고 슬하에서 바느
질할까?

박연폭포 - 황진이

一派長天噴壑礱 : 한 줄기 긴 물줄기가 바위에서 뿜어나와

龍湫百仞水潨潨 : 폭포수 백 길 넘어 물소리 우렁차다

飛泉倒瀉疑銀漢 : 나는 듯 거꾸로 솟아 은하수 같고

怒瀑橫垂宛白虹 : 성난 폭포 가로 드리우니 흰 무지개 완연하다

雹亂霆馳彌洞府 : 어지러운 물방울이 골짜기에 가득하니

珠舂玉碎澈晴空 : 구슬 방아에 부서진 옥 허공에 치솟는다

遊人莫道盧山勝 : 나그네여, 여산을 말하지 말라

須識天磨冠海東 : 천마산이야말로 해동에서 으뜸인 것을

동방의 노래

첫판 1쇄 펴낸 날 2021년 12월 28일

지 은 이 · 문복희
펴 낸 이 · 유정숙
펴 낸 곳 · 도서출판 등
기　　획 · 유인숙
관　　리 · 류권호
디 자 인 · 김현숙
편　　집 · 김은미, 이성덕

ⓒ **문복희 2021**

주　　소 · 서울시 노원구 덕릉로 127길 10-18
전　　화 · 02.3391.7733
이 메 일 · socs25@hanmail.net
홈페이지 · dngbooks.co.k

정 가 · 12,000원

이 시집은 2021년 가천대학교 교내 연구비 지원에 의한 결과임
(GCU-202102540001)